AF319853

L'ATELIER

DE PEINTURE,

TABLEAU-VAUDEVILLE EN UN ACTE,

Par MM. SEWRIN et LÉON;

REPRÉSENTÉ POUR LA PREMIÈRE FOIS, A PARIS, SUR LE THÉATRE
DU GYMNASE DRAMATIQUE, LE 31 OCTOBRE 1823.

PRIX : 1 FR. 50 C.

PARIS,

CHEZ BEZOU, LIBRAIRE,

SUCCESSEUR DE M. FAGES,

AU MAGASIN DE PIÈCES DE THÉATRE,

Boulevard St.-Martin, n°. 29, vis-à-vis la rue de Lancry.

1823.

~~~~~~

</div>

PERSONNAGES.	ACTEURS.
M. DERBAN, peintre.	M. *Dormeuil.*
CLÉMENTINE, sa fille.	Mme. *Dormeuil.*
HENRI, premier élève, aimé de Clémentine.	M. *Victor.*
ROUGEOT, broyeur et garçon d'atelier.	M. *Bernard-Léon.*
JEAN-BART, modèle.	M. *Numa.*

VICTOR,
PAUL,
CHARLES, orphelin,
AUGUSTE,
ALBERT,
ADOLPHE,
LÉON,
EDMOND,
FERDINAND,
HYPPOLITE,

Tous élèves de M. Derban.

Mlle. *Virginie Déjazet.*
Mlle. *Adeline.*
Mlle. *Lili-Bourgouin.*
M. *Alexis.*
M. *Laviolette.*

<div style="text-align:center">

———————————

</div>

La scène est à Paris, dans l'atelier de M. Derban.

<div style="text-align:center">

IMPRIMERIE DE NOUZOU,

</div>
~~~~~~

L'ATELIER DE PEINTURE,

VAUDEVILLE EN UN ACTE.

Le Théâtre représente un atelier de peinture, des tableaux sur chevalet, d'autres accrochés aux murailles, des bosses en plâtre, des chaises avec des portefeuilles d'élèves, la place où pose le modèle, etc.; la porte d'entrée dans le fond; à droite, une autre porte qui communique à l'appartement du maître.

SCÈNE PREMIÈRE.

ROUGEOT, *apportant une tête de cheval en plâtre qu'il place sur un piédestal.*

Encore une bosse!.. il faut convenir que nos jeunes gens en font une furieuse consommation!.. aussi comme l'école marche! comme elle marche, la gaillarde! je me flatte qu'on tient joliment le genre... et l'histoire? comme nous la pinçons! il est vrai que nous sommes ici queuq' lurons un peu solides... je dis nous... parc' qu'au fait j'peux m'vanter comme eux de contribuer aux progrès de l'art... c'est moi qui ponce les toiles, qui nétoye les pinceaux, les boîtes à couleurs... excepté les tableaux, enfin, c'est moi qui fait tout ici... et j'leur défierais bien d'trouver un garçon d'atelier plus soigneux, plus rangé que moi... ah! quelle différence du calme qui règne en ce moment... auprès du tapage qu'on entendra tout-à-l'heure... ah! dame! mes jeunes collègues ont des têtes... des têtes... de peintre, quoi!

SCÈNE II.

ROUGEOT, HENRI.

HENRI.

Personne encore?

ROUGEOT.

Personne... et pour qui me prenez-vous donc, moi, monsieur Henri?

HENRI.

Oh! toi, tu es...

(4)

ROUGEOT.

Je suis Rougeot... votre factotum, votre Michel-Morrin...
et j'dis qu'j'ai déjà fait de la besogne ce matin... voyez comme
l'atelier est propre... et c'te bosse que j'ai apportée tout-à-
l'heure de la rue du plâtre?.. non, mais la voyez-vous, c'te
bosse... là, derrière?

HENRI,

Oui, oui, je la vois.

ROUGEOT.

Et vous, M. Henri... n'faut pas être bien malin pour de-
viner pourquoi qu'vous d'vancez les autres, pourquoi qu'c'est
vous qui ouvrez et fermez toujours l'atelier, pourquoi enfin,
qu'vous êtes le plus zélé de tous?

HENRI.

Le plus zélé?.. non.

ROUGEOT.

Si, si... allez vot' train... ça n'sera pas perdu.

HENRI.

Tu penses...

ROUGEOT.

Oui.

Air: *Vaudeville de Turenne.*
Une petite miniature
Est là... non loin de cet endroit,
Vous l'aimez...

HENRI.

Qui? moi!.. je te jure...

ROUGEOT.

Vous vous croyez p'têt' ben adroit,
Mais n'jurez pas, votre amour s'aperçoit,
Si le papa de c'te fille jolie,
Pour modèle vous la donnait,
Je crois que d'un si beau portrait,
Vous feriez plus d'une copie.

HENRI.

Tais toi.

ROUGEOT.

Je l'veux bien... mais c'est égal... tâchez toujours d'avoir
le grand prix, ça avancerait joliment vos affaires auprès d'
mamzelle Clémentine... d'abord je vous préviens que les
élèves ne seront pas jaloux.

HENRI.

Ils sont si bons camarades ?

ROUGEOT.

Oui, oui, c'est des bons camarades... mais ils m'font queuq'
fois trop enrager, vous devriez bien leur dire.

HENRI.

Mais aussi, pourquoi diable veux-tu raisonner avec eux de
peinture ?

ROUGEOT.

Est-c' que je n'suis pas dans la partie ?

HENRI.

Oui, mon pauvre Rougeot, mais comme accessoire.

ROUGEOT.

Eh ! bien, vous comptez ça pour rien, peut-être... diable !
accessoire !.. c'est l'principal, ça.

HENRI.

C'est possible... mais, mon cher Rougeot, je t'en prie,
laisse-moi.

ROUGEOT.

J'entends,... le travail... à propos, M. Henri, vous m'aviez
promis de faire mon portrait.

HENRI.

C'est vrai... tu y tiens donc beaucoup ?

ROUGEOT.

Que voulez-vous ? c'est madame Rougeot qui me tourmente.

HENRI.

Elle est bien bonne.

ROUGEOT.

Oui, c'est très-obligeant de sa part; mais voilà ce que c'est,
elle me dit tous les jours: « mon p'tit Rougeot, tu peux
» mourir d'un instant à l'autre... »

HENRI.

Elle te dit cela ?

ROUGEOT.

Oui... oh ! elle est très-prévoyante, madame Rougeot, ex-
trêmement prévoyante, enfin, mon portrait lui ferait plaisir,
à cette pauvre femme.

HENRI, *souriant.*

Je conçois... et de quelle manière veux-tu être peint ?.. en
satyre ?.. en Adonis ?

ROUGEOT.

Oh! non... tout bonnement en Rougeot... les cheveux
ébouriffés... vous savez... là... en artisse... et sans cravatte,
par exemple... parce que j'ai le col très-bien, enfin, je veux
être en pied .. les bras croisés... tenez... comme ça... comme
vous quand vous êtes inspiré.

HENRI.

Il suffit... va-t-en.

ROUGEOT.

Je ne dis plus rien et je pars... (*Il s'éloigne pour sortir*).

HENRI, *se voyant seul.*

Il n'a qu'un défaut insupportable, ce pauvre Rougeot!...
c'est d'être le plus grand bavard... (*Voyant Rougeot qui
revient*). Encore ?

ROUGEOT, *allant sur la pointe des pieds.*

Mutus! c'est ma casquette que j'avais oubliée. (*Il s'en va
de même sur la pointe des pieds et en se cachant la figure
derrière sa casquette*).

SCÈNE III.

HENRI, *seul.*

Il s'agit maintenant de se mettre en train... je ne sais, mais
depuis que mon tableau de concours est achevé... je tremble!..
la crainte qu'il ne réunisse pas tous les suffrages... ah! quand
je l'ai composé, je brûlais du désir de plaire à Clémentine,
et bien certainement il doit l'emporter !

Air : *Art enchanteur, ou romance d'Aristippe.*

Cet espoir, qui ravit mon âme,
D'un nouveau feu vient l'embraser ;
Je sens qu'il m'élève et m'enflamme !..
Puisse-t-il se réaliser !
Protége-moi, gloire chérie,
Et fais que j'obtienne en retour
De ce prix flatteur que j'envie,
L'heureux prix du plus tendre amour.

(*Il prend sa palette*). Mettons-nous à l'ouvrage. Oh! oh!..
ma palette !.. quelqu'un s'est servi de ma palette... comme elle
est arrangée !..

(*En ce moment, pour arranger sa palette, il se trouve
placé derrière le chevalet où est son tableau, de manière
qu'il ne peut être vu de Clémentine, qui entre avec son père
par la porte du côté droit*).

SCÈNE IV.

HENRI, *derrière le chevalet,* CLÉMENTINE, M. DERBAN.

CLÉMENTINE, *d'une voix mystérieuse, entraînant son père vers l'atelier.*

Mon papa, venez donc.

HENRI, *s'arrêtant tout-à-coup.*

Qu'entends-je ? Clémentine et son père !

CLÉMENTINE, *à son père.*

Les élèves ne sont pas encore à l'atelier...

HENRI, *à part.*

Ne bougeons pas.

CLÉMENTINE, *dans le milieu de l'atelier avec son père.*

Je voudrais bien voir le tableau que M. Henri compose en ce moment.

HENRI, *à part.*

Mon tableau !

DERBAN.

Petite curieuse... et si l'on te surprenait ici...

HENRI, *à part.*

Eloignons-nous.   (*Il sort*).

SCÈNE V.

M. DERBAN, CLÉMENTINE.

DERBAN, *à sa fille, en lui montrant un tableau sur un chevalet à droite.*

Tiens, regarde... voilà ce qu'il compose en ce moment.. devines-tu ce que c'est que ce sujet-là ?

CLÉMENTINE.

Oui, mon père, c'est... c'est Angélique et Médor.

DERBAN.

Ce diable de Henri ! depuis quelque temps, je ne vois plus que de l'amour dans tous ses croquis.

CLÉMENTINE.

Écoutez donc, mon père... il a tant fait de grecs et de romains ?.. il faut bien quelquefois changer de genre... celui-ci a son mérite.

DERBAN, *examinant.*

Pas mal... pas mal...

(8)

CLÉMENTINE.

Pas mal !.. mais dites donc que c'est très-bien... examinez..

DERBAN.

Oui... cette tête ne manque pas d'expression...

CLÉMENTINE , *vivement.*

Et celle de Médor ?.. mais soyez donc juste.

Air: *Cavatine de l'Intrigue aux fenêtres.* (Conduit par l'espérance).

> Près de l'objet qu'il aime,
> Comme il a l'air troublé!
> Malgré ce trouble extrême,
> Ses regards ont parlé!
> Angélique soupire, (*bis*).
> Mais un tendre sourire,
> Le plus tendre sourire,
> De son cœur satisfait ,
> Peint l'aimable délire
> Et trahit le secret....
> Qu'elle n'ose encore dire,
> Vainement elle fuit le charme qui l'attire...

(*vivement*).

ENSEMBLE.

> Parlez , parlez; bien franchement,
> Ce tableau doit être charmant!

DERBAN.

> Oui, je conviens bien franchement,
> Que tu dois le trouver charmant.

DERBAN.

Je conçois que tu trouves ce tableau-là fort agréable ; mais, moi, je t'avouerai que je préfère le sujet mis au concours... c'est un trait sublime de dévoûment! à la bonne heure au moins, il y a là de quoi exercer son génie.

CLÉMENTINE.

Et espérez-vous que M. Henri aura le prix?

DERBAN.

. Ah ! je le désire!

CLÉMENTINE , *à elle-même.*

Et moi donc?

DERBAN.

Mais il a bien des rivaux...

Air: *De Julie.*

> Tous ces démons ont une verve,
> Qui, d'honneur, m'étonne... à présent,
> La jeunesse étudie, observe,
> Et réfléchit tout en jouant;

Dans la lice on les voit combattre
Avec tant de force et d'ardeur,
Qu'il nous faut, au lieu d'un vainqueur,
Quelquefois en couronner quatre.

CLÉMENTINE.

Vous croyez que...

DERBAN, *en confidence.*

Au reste,... nous saurons cela aujourd'hui.

CLÉMENTINE, *vivement.*

Aujourd'hui ?

DERBAN.

Oui, c'est aujourd'hui même que le jury prononcera.

CLÉMENTINE.

En tout cas, vous savez ce que vous m'avez promis.

DERBAN.

Oui, et je ne demande pas mieux que de tenir parole, car j'aime Henri.

Air : *Vaudeville de la Leçon de danse.*

Le voilà dans la bonne route,
Il est modeste....

CLÉMENTINE.

Et nullement jaloux,
Vous savez comment il écoute
Les conseils qui viennent de vous.

DERBAN.

Mais avant tout je veux qu'il soit un homme,
Qu'il ait un talent reconnu...
Pour t'épouser il faut qu'il aille à Rome.

CLÉMENTINE, *à part.*

J'aimerais mieux qu'il en fût revenu !

DERBAN, *souriant.*

Mais voici l'heure de l'école... (*il voit la porte de l'atelier qui s'ouvre*). Tiens, tu vois bien... (*le petit Charles entrant avec son portefeuille sous le bras et d'un air raisonnable*). Voilà déjà un de mes espiègles... ah ! c'est mon petit orphelin, celui-là.

SCÈNE VI.

DERBAN, CLÉMENTINE, le petit CHARLES.

CHARLES, *saluant.*

Bonjour, M. Derban... bonjour, mademoiselle...

CLÉMENTINE,

Il est gentil.

DERBAN.

Bonjour, mon garçon, bonjour... comment te nommes-tu, déjà...

CHARLES, *répondant tout en arrangeant sa chaise et son portefeuille pour dessiner.*

Charles Lorrain.

DERBAN.

Ah ! c'est vrai... je l'avais oublié... eh ! bien, c'est un joli nom, ça... Lorrain ! c'est celui d'un grand peintre... il faut tâcher de lui ressembler.

CHARLES, *dessinant avec son portefeuille sur ses genoux.*

Oui, monsieur.

DERBAN.

Mon ami, tu n'as ni fortune, ni parens, avec du talent on trouve de tout cela.

CLÉMENTINE, *le regardant avec intérêt.*

Pauvre petit !..

DERBAN, *s'approchant de lui.*

Voyons, où en sont les progrès ?

CHARLES.

Voici ma dernière tête.

CLÉMENTINE, *la regardant avec son père.*

Eh ! eh !

DERBAN.

Depuis combien de temps travaillons-nous ?..

CHARLES.

Il n'y a que six mois, monsieur, que vous m'avez permis de venir à votre atelier.

CLÉMENTINE.

Que six mois !..

CHARLES.

Oh ! mais, M. Henri me donne tous les jours deux heures de leçons chez lui.

CLÉMENTINE, *vivement.*

M. Henri... vous donne...

DERBAN

Oui, je me rappelle... je lui avais recommandé de veiller un peu sur ce petit bonhomme... (*Au petit Charles*). Et il n'a pas retouché à cette tête-là ?

CHARLES.

Non, monsieur.

DERBAN, *lui rendant son dessin.*

C'est bien, je suis content.

CLÉMENTINE, *vivement.*

Et moi aussi!.. vous direz à M. Henri que je suis très-contente de... (*Son père la regarde*). De vous.

DERBAN.

Allons, encore une fois, mademoiselle, je ne veux pas que vous restiez davantage ici.

CLÉMENTINE.

Ne vous fâchez pas, mon père... je me retire. (*Au petit Charles*). Adieu, mon petit ami...: (*Charles se lève et fait un grand salut*). Adieu, mon père... et c'est aujourd'hui que le jury prononcera...

DERBAN.

Ah ! tu vas encore...

CLÉMENTINE, *se sauvant.*

Non, non, je me sauve. (*Au moment même où Clémentine sort par le côté gauche, Henri entre par le côté droit en toussant*).

DERBAN, *se retourne, l'aperçoit et dit à part.*

Il était temps... voici l'autre.

SCÈNE VII.

DERBAN, HENRI, le petit CHARLES, *dessinant avec beaucoup d'application.*

HENRI, *à part.*

Clémentine est partie... je peux paraître maintenant. (*Il s'avance près de M. Derban, qui examine son tableau*). Vous avez la bonté, monsieur, de jetter un coup d'œil sur mon ouvrage.

DERBAN, *sans se détourner.*

Ah ! c'est vous, mon jeune ami.

HENRI.

J'ai l'honneur de vous saluer.

DERBAN.

Je regardais...

HENRI.

Il y a encore bien des défauts, n'est-ce pas ?

DERBAN, *regardant toujours.*

Non... il n'y a plus cette tendance à la manière que je vous avais reprochée... il faudra peut-être faire sentir un peu plus vigoureusement ces ombres-là... et puis un peu plus d'air dans ce plan à gauche... mais c'est une toile réimprimée, cela ?

HENRI.

Oui, monsieur.

DERBAN.

Eh ! bien, elle ne le sera plus, je vous en réponds... c'est un fort joli tableau !

HENRI.

Ah ! monsieur... vous m'encouragez !

DERBAN.

Je me rappelle qu'autrefois, j'avais une toile semblable, qui m'a servi plus de trois ans... eh ! bien, le premier tableau que j'ai vendu a été fait dessus... j'ai touché six cents francs de ma vieille toile... j'étais heureux ! ah !.. il fallait voir ! six cents francs ! je me croyais déjà un petit Michel-Ange.

HENRI.

Et vous avez bien justifié depuis...

DERBAN.

Justifié !.. pas trop... j'ai été un paresseux.

HENRI.

Il est vrai que la postérité trouvera toujours que vous n'aurez pas assez travaillé.

DERBAN.

La postérité !.. mon cher Henri, la postérité se moquera de mes barbouillages et elle aura raison.

HENRI, *vivement.*

Non, monsieur !..

DERBAN.

Ah ! ça, mais... il me semble que nos jeunes gens sont en retard aujourd'hui,

HENRI.

La plupart vont le soir à l'Académie, et travaillent fort tard à la Lampe...

DERBAN, *passant près du petit Charles, jotte un coup d'œil*
sur son dessin et dit à Henri.

Il va bien, le petit.

HENRI.

Il a du zèle.. je crois qu'il fera quelque chose.

DERBAN, *regardant Henri avec plaisir.*

Il est en bonnes mains.

HENRI.

En travaillant sous vos yeux...

DERBAN, *lui serrant la main.*

Non, non... je m'entends... adieu, Henri, continuez...

HENRI.

Monsieur...

DERBAN, *avec plus d'affection.*

Continuez.

Air : *Vaudeville des Amazonnes.*

Il faut avoir les talens, la science,
Pour se montier un jour avec éclat ;
Par son génie ou bien par sa vaillance,
Autant qu'on peut il faut servir l'état.
Mais au besoin secourir son semblable,
A l'orphelin servir d'appui surtout,
Voilà, mon cher, un titre indispensable,
Pour être artiste, un bon cœur avant tout.

(*Il rentre chez lui*).

(*Revenant sur ses pas*). Ah!.. Henri, j'y pense... quand
tous ces messieurs seront arrivés, vous me ferez le plaisir de
passer chez moi.

HENRI.

Oui, monsieur. (*seul*). Quel bon maître !.. quel excellent
homme que ce M. Derban !.. comme il est simple, modeste !..
ah ! c'est le digne père de ma charmante Clémentine !..

SCÈNE VIII.

HENRI, *peignant,* le petit CHARLES, *dessinant sur ses*
genoux, Entrée des Élèves de l'atelier, PAUL, VICTOR,
ADOLPHE, AUGUSTE, LÉON, ALBERT, EDMOND,
FERDINAND.

CHOEUR DES ÉLÈVES, *entrant tous pèle-mêle et se poussant*
les uns sur les autres.

Air : *Vive la Lythographie.*

(*gaîment*). Jouons bien, puisqu'à notre âge
Le jeu n'est pas défen..

Mais à l'heure de l'ouvrage,
Réparons le temps perdu.

HENRI.

Messieurs, vous venez bien tard,
Songez qu'il est plus du quart.

PAUL.

Tout le long des boulevards,
Nous avons fait les musards.
Je regardais les figures
Du café de Tortoni;
Et puis les caricatures
Qui passaient en tylburi.
On n'eut pas dit des français,
Ils ont si bien l'air anglais,
Qu'à peine je distinguais
Les maîtres de leurs jokeis.

AUGUSTE.

Moi, messieurs, plus raisonnable,
J'ai vu mieux que tout cela.

TOUS.

Quoi donc?

AUGUSTE.

Un œuvre admirable!
Je sors du Diorama.
Le beau talent que Bouton!

ALBERT.

Daguerre est plus fort, dit-on?

AUGUSTE.

Non, non, Daguerre ou Bouton,
C'est toujours le même nom...
Car l'amitié qui les lie,
Pour produire ces tableaux,
A confondu leur génie,
Leurs crayons et leurs pinceaux.

HENRI, *voyant Victor animé et s'essuyant la figure.*

Et toi, tu trembles encor ..
Qu'as, mon pauvre Victor?
Qui peut t'agiter si fort?

VICTOR.

Parbleu! mon cher, ai-je tort?
Un barbouilleur de gouache
Tout à l'heure, sur le quai,
Osa traiter de ganache
Notre maître...

.TOUS, *vivement.*

Est-il bien vrai,
Mon cher? qu'as-tu répondu?.

VICTOR, *animé.*

Ce mot ne fut pas perdu!..
Et j'ai, vous n'en doutez point,
Répondu par un coup d'poing.

HENRI.

Bravo! viens, que je t'embrasse.

CHARLES.

C'est bien fait, je suis content,
Et je sens qu'à votre place,
J'en aurais fait tout autant!

HENRI.

Moi, je n'aurais pas fait moins,
Car s'il prodigue ses soins,
Un maître doit voir aussi
Dans chaque élève un ami;
C'est comme un père, et je pense,
Qu'il doit compter en tout temps,
Lorsqu'il reçoit une offense,
Sur l'appui de ses enfans.

TOUS LES ÉLÈVES, *avec feu.*

Oui, c'est un père, et je pense,
Qu'il doit compter en tout temps,
Lorsqu'il reçoit une offense,
Sur l'appui de ses enfans.

PAUL.

C'est ça... eh! allez donc... que quelqu'un s'avise de me
dire du mal de M. Derban!.... il sera bien reçu... v'lan!....
v'lan!.. (*Gestes du coup de pied et du coup de poing*).

VICTOR.

Air : *Il me faudra quitter l'empire.*

Lorsqu'un ennemi le menace,
Tout homme défend ses foyers;
Soyons, avec la même audace,
Défenseurs de nos ateliers
Si notre espoir n'est point frivole,
Nous deviendrions maîtres à notre tour;
Mes amis, soutenons l'école,
Si nous voulons qu'on nous soutienne un jour.

TOUS, *vivement.*

Mes amis, soutenons l'école,
Si nous voulons qu'on nous soutienne un jour.

(*Après ce couplet, chaque élève se met en disposition de
travailler, l'un va devant son chevalet, l'autre devant une
bosse, etc.*)

PAUL, *au petit Charles.*

Dis donc, hé! monsieur Charles... veux-tu bien t'ôter de
là ?.. c'est ma place.

CHARLES , *avec fermeté.*

Non, monsieur... vous en avez choisi une autre... voilà déjà trois jours que je me mets ici.

PAUL.

Tu raisonnes, je crois?... attends, je vas te faire déguerpir... et plus vite que ça... (*Il lui enlève sa chaise, le petit Charles tombe par terre, se ramasse aussitôt, prend une autre chaise, s'asseoit et travaille en disant:* Je ne m'ôterai pas).

HENRI.

Charles... Charles !..

CHARLES.

Mais, mon bon ami...

PAUL , *à Henri.*

Il prend ma place.

CHARLES.

Non, monsieur, la voilà là bas, votre place, à côté du torse, votre portefeuille y est encore.

VICTOR , *à Paul.*

Ah! c'est vrai... hier, tu travaillais là.

PAUL , *voyant qu'il a tort, va se placer à l'endroit indiqué.*

C'est égal... je voulais r'avoir ma place.

AUGUSTE , *au petit Charles, bas.*

Tu as bien fait tout de même de ne pas céder.

CHARLES , *haut.*

Je cède toujours, quand j'ai tort.

TOUS LES AUTRES ÉLÈVES , *riant.*

Ah! ah! ah!... il a du caractère.

PAUL.

Oui, du caractère! un joli bambin!

VICTOR.

Tais-toi donc, tu sais bien que c'est le protégé d'Henri.

HENRI.

Je ne le défends jamais quand il fait mal ! Mais n'oublions pas que M. Derban m'a dit de passer chez lui... (*Aux élèves*). Messieurs, je vous recommande l'atelier... pas de bruit, si c'est possible...

VICTOR.

Oh! nous serons d'une sagesse... sois tranquille, va.

HENRI, *en s'en allant fait signe au petit Charles d'être sage.*
Charles...

CHARLES.

Bon ami ; je ne bougerai pas de là.

SCÈNE IX.

Les Mêmes, excepté HENRI.

VICTOR, *à Léon qui est à côté de lui.*

Rapin, donne-moi ma blouse... (*Léon ne lui répond pas*).
Eh ! bien, quand je parle.

LÉON.

Est-ce que je suis le rapin, moi ? c'est le dernier venu qui
l'est... c'est Albert.

ALBERT, *apportant d'un air mécontent la blouse de Victor.*

La voilà, votre blouse... demain il doit venir un nouvel
élève, et je ne le serai plus rapin, dieu merci, c'est lui qui
fera vos commissions.

VICTOR.

Plains-toi donc, je te conseille, est-ce qu'il y a du des-
honneur à être rapin ? est-ce que nous ne l'avons pas tous été
les uns après les autres. Va demander à M. Vernet, à M. Gé-
rard, à M. Gros, s'ils n'ont pas été rapins ? et tâche d'être un
jour ce qu'ils sont maintenant, pour le mal que je te veux.
(*Il lui donne son frac*). Tiens, place mon habit sur le man-
nequin, et prends garde à la poussière.

(*Albert va de mauvaise grâce placer l'habit à l'endroit
indiqué, Victor met sa blouse, prend sa palette et peint*).

PAUL, *cherchant son porte-crayon.*

Messieurs, j'avais laissé hier mon porte-crayon sous cette
bosse, qui est-ce qui me l'a chippé ?

TOUS.

Ce n'est pas moi.

AUGUSTE.

Il est allé avec mon cahier de croquis.

PAUL, *le retrouvant.*

Ah ! le voilà ! le voilà !

VICTOR.

Une autre fois, tu chercheras mieux, entends-tu ?

PAUL.

Oh !.. je n'accusais personne.

VICTOR.

Je crois bien.

CHARLES.

C'est sûrement Rougeot qui l'aura déplacé, en faisant l'atelier.

VICTOR.

Oui, il a tant d'ordre, que quand il range les choses, on ne les retrouve plus.

AUGUSTE, *à Léon qui s'approche de lui pour regarder son dessin.*

Va donc, toi, à ton nez et à tes yeux... (*Il le repousse*).

LÉON.

Eh! je taille mon crayon.

AUGUSTE.

Tu ne peux pas le tailler plus loin.

LÉON.

Comme il est fier, parce qu'il fait des académies ; elle est fraîche ton académie!.. dans six mois, je veux te damer le pion.

AUGUSTE.

Toi ?.. si ça est, je l'irai dire à Rome !

LÉON

Oh! laisse donc, à Rome... j'irai avant toi.

AUGUSTE.

Oui, pour sauver le capitole.

TOUS, *riant.*

Ah! ah! ah! ah! ah!..

LÉON.

La belle pointe !

AUGUSTE.

Tu sais qu'est-ce qui a sauvé le capitole.

VICTOR, *chantonnant sur l'air femme sensible.*
Ce sont les oi... les oiseaux du bocage...

TOUS, *riant.*

Ah! ah! ah! ah! ah! ah!

FERDINAND.

Taisez-vous donc... quand vous vous disputez, il y en a pour deux heures.

VICTOR.

C'est vrai ; dites-moi, mes amis, pour changer la conversation... qui est-ce qui a vu mon tableau à la société *des amis des arts ?*

PAUL.

Moi.

VICTOR.

Comment le trouves-tu?

PAUL.

Détestable !.. il n'y a que du jaune et du bleu.

AUGUSTE, *à part.*

Attrape.

VICTOR, *à Paul.*

Tu ne te gênes pas.

PAUL.

Dame ! je suis franc.

VICTOR.

En tous cas, il vaut bien la méchante lythographie dont tu as enrichi le musée de Martinet.

PAUL.

Oh! je fais cela pour m'amuser, je l'ai vendue vingt francs, tout de même.

VICTOR.

Et moi, j'ai eu cinq louis de mon tableau.

PAUL.

Cinq louis !..

Air : *Monsieur, vous 'tes bien honnête:*
Sur ce prix-là je n'élève aucuns doutes,
Mais ça ne prouve rien encor,
Tous nos bons amateurs de croûtes
Les achètent au poids de l'or
C'est un malheur, tu dois le croire,
Mais grâce au goût des richards d'à présent,
Les grands talens gagnent un peu de gloire,
Et les petits gagnent beaucoup d'argent.

FERDINAND.

Il a raison, mais les premiers qui se querelleront encore seront mis à l'amende.

PAUL.

A propos d'amende... combien y a-t-il dans la tirelire?

VICTOR.

Je n'en sais rien... c'est le massier qui sait ça.

ALBERT.

Le massier ? qu'est-ce que c'est que ça, le massier ?

(20)

AUGUSTE.

Oh! est-il serin, celui-là?

VICTOR.

Ah! c'est vrai, tu n'es ici que depuis huit jours, toi... le massier: c'est celui qui tient l'argent que nous donnons pour toutes les dépenses de l'atelier, les frais de modèle, de bosses, et cetera... tout cela, nous le payons, entends-tu, rapin... et quand il y a du surplus, nous le mangeons, nous faisons un déjeûner *aux Vendanges de Bourgogne*... voici la fin du mois, messieurs, il faut voir la masse... où est donc le massier?

LÉON.

Hyppolite?.. il n'est pas encore venu.

PAUL.

Le lambin!.. il faut lui préparer quelque niche, pour quand il viendra.

VICTOR.

Ah! oui! le pot-à-l'eau sur la porte, ça lui lavera la téte.

LÉON.

Mes amis, vous savez que M. Derban se fâche, quand...

PAUL.

Bah! bah!.. ça lui apprendra à venir plus tard que les autres.

LÉON.

En ce cas, je ne suis pas du jeu.

ALBERT.

Ni moi... (*deux ou trois autres répètent:*) Ni moi, ni moi.

PAUL.

Les poltrons! vous avez toujours peur.... eh! bien, je me charge de tout, moi.

VICTOR.

Moi aussi. (*Ils remplissent à la hâte une cruche de l'eau qu'ils puisent dans un seau, ils y attachent une corde et la placent au-dessus de la porte, de manière qu'en l'ouvrant, la cruche doit tomber et l'eau se répandre sur la téte de celui qui entre : c'est un tour d'écoliers qui s'est fait souvent dans les ateliers*).

PAUL, *aidant Victor.*

Attends... c'est ça... quand il poussera la porte... patatra! il paiera le passage du bonhomme Tropique.

VICTOR.

J'entends quelqu'un !

PAUL.

C'est sûrement lui...

VICTOR.

A nos places, et ne disons rien.

CHARLES, *voulant se lever.*

Je m'en vais l'avertir, moi.

PAUL.

Veux-tu bien rester là... que je te voie bouger.

SCÈNE X.

Les Précédens, ROUGEOT.

ROUGEOT *ouvre la porte, le pot se renverse et le couvre d'eau, étourdi de ce qui lui arrive, il s'écrie :*

Oh! oh! queu diantre est-ce que c'est que ça? (*Tous les élèves travaillent en silence, et sans le regarder, ils rient sous cap*). Serait-ce le déluge?

Air : *J'ai perdu mon couteau.* (de M. Bérard).

Me v'là tout trempé d'eau,
Mouillé comme un barbeau ..
J'en ai reçu (*bis*). plus d'un seau...
Voyez donc mon chapeau!
C'est j'gag' queuq' étourneau
Qui m'a joué c'tour nouveau ?..
(*Se fâchant*). Messieurs, ça n'est pas beau!..
Mêlez-vous d'vos tableaux,
Et gardez vos cadeaux. . (*Il pleure*).
Ah! ah! (*tous les élèves le contrefont*). ah! ah!
Me v'là tout trempé d'eau!

Deuxième Couplet.

LES ÉLÈVES.

Tais-toi donc, grand nigaud,
Tu pleures comme un sot.

ROUGEOT.

J'suis percé (*bis*). jusqu'aux os!..
Sur la tête et sur l'dos...

LES ÉLÈVES.

Ça va sécher bientôt,
Tais-toi, ne souffle mot.

ROUGEOT.

Je n'suis pas vot' bardot,
Et je vas, s'il le faut,
Crier encor plus haut...
Ah! ah! ah! ah! ah! ah! ah! ah!

PAUL, *l'appaisant.*

Mon pauvre Rougeot, j'en suis fâché, mais vrai, ce n'est pas à toi que nous en voulions.

ROUGEOT.

Pas à moi, mais c'est moi qu'a tout eu... regardez donc, regardez donc, ça me découle jusques dans les jambes... si madame Rougeot me voyait dans cet état-là... c'est bien mal à vous, toujours... moi qui venais tout exprès savoir ce que vous vouliez aujourd'hui pour déjeûner.

VICTOR.

Oh! bah! bah!.. ça ne sera rien, tu vas te changer.

ROUGEOT.

Me changer?.. vous en parlez à votre aise... me changer! est-c'que vous croyez qu'on a comme ça des z'hardes de rechange?..

PAUL, *lui jettant sa redingotte sur les épaules.*

'Tiens, voilà ma redingotte.

VICTOR, *lui mettant son chapeau sur la tête.*

Tiens, voilà mon chapeau.

ROUGEOT.

Ah! ça, mais... est-y dieu possible d'arranger un honnête homme comm' ça?

VICTOR.

Oh! oh! oh!.. la bonne caricature! reste-là, Rougeot, je vais te croquer.

ROUGEOT.

C'est ça, croquez-moi... et en attendant, je gagnerai un rhume, ou pour le moins une bonne plurisie.

VICTOR.

Ah!.. un excellent moyen pour te sécher... le modèle ne viendra pas aujourd'hui, si tu veux, tu vas poser à sa place.

ROUGEOT.

Une fière idée que vous avez là! moi, poser à la place de M. Jean-Bart! nenni, nenni! Diantre! s'il me voyait le supplanter dans son état. Par exemple, si M. Jean-Bart donnait sa démission de modèle... à la bonne heure... je ne dis pas... que... parce que sans vanité... pour c'qu'est à l'égard des formes... je crois qu'on le vaut bien.

PAUL, *s'amusant.*

Comment donc, mais c'est vrai que Rougeot a les formes antiques.

ROUGEOT, *avançant sa jambe pour la montrer.*

Antiques!.. vous prenez ça pour de l'antique, vous? cherchez-en de l'antique de c't acabit-là.

VICTOR.

Sans plaisanterie, écoute, mon cher Rougeot, j'ai besoin de toi pour travailler à mon *Bélisaire* ; je t'en prie, pose seulement un petit quart-d'heure, Jean-Bart n'en saura rien.

ROUGEOT.

Bien sûr ?.. c'est que ça me compromettrait au vis-à-vis de lui, voyez-vous ?.. il a des mains... il a des bras... quand il vous touche...

VICTOR.

N'aies pas peur... et va dans ce cabinet, tu trouveras tout ce qu'il faut.

ROUGEOT.

Oh ! je sais, je sais... le casque, la barbe...

VICTOR.

Pendant ce temps-là, tes habits sécheront ; tu vois que tu n'as pas de meilleur parti à prendre.

ROUGEOT.

Je le veux bien... mais, je vous en prie, mes jeunes collègues, plus de ces petites facéties-là... parce qu'enfin... je suis un bon enfant, moi... je ris tant qu'il faut rire, mais il y a temps pour tout... d'ailleurs, je vous en préviens, je n'aime pas l'eau... je suis ennemi juré de l'eau... tous les artistes en général sont ennemis de l'eau.

VICTOR.

En ce cas, je te promets une bouteille de bon vin...

ROUGEOT.

De... c'est dit, je vas endosser le costume de M. Bélisaire. (*Il entre dans le petit cabinet, dont la porte est cachée par une toile verte*).

SCÈNE XI.

Les Mêmes, excepté ROUGEOT.

FERDINAND.

Ce pauvre Rougeot!.. il est bon diable dans le fond...

AUGUSTE.

Oui, de se prêter comme cela à toutes vos folies.

VICTOR.

Nous allons le voir en Bélisaire.

PAUL.

C'est qu'il croit sérieusement être un bel homme.

VICTOR.

Je rirais bien si Jean-Bart pouvait venir...

PAUL.

Et qu'il le vît posant à sa place.

AUGUSTE.

Oh! mais, prenez garde, c'est qu'il serait capable de lui faire un mauvais parti.

VICTOR.

Bah! bah... est-ce que nous ne sommes pas là?

SCÈNE XII.

Les Précédens, JEAN-BART, *modèle grand et fort, avec d'épais favoris, espèce de joli cœur, ne parlant pas sans faire des pataquès.*

JEAN-BART, *entrant et mettant la main au chapeau comme un soldat devant son supérieur.*

Mes artistes, j'ai celui d'être vot' serviteur.

PAUL.

O ciel!... c'est lui, c'est Jean-Bart.

VICTOR.

D'où diable venez-vous donc, M'. Jean-Bart, qu'on ne vous a pas vu depuis deux jours?

JEAN-BART.

Mes artistes, excusez, je suis dans mon tort, c'est véridique, mais j'vas vous dire, c'est une espèce d'égnime que tout ce qui m'est arrivé depuis avant-z'hier...

VICTOR.

Oh! vous ne manquerez pas de prétexte pour...

JEAN-BART.

Non, permettez... d'abord, j'ai été z'hier à un baptême, comme témoin.

VICTOR.

Est-ce qu'on n'en trouve pas partout des témoins... tant qu'on veut?

JEAN-BART.

Quant à cela, vous avez raison; mais finalement et sans

tergiversation, moi, je n'ai servi de témoin que pour rendre service à un ami, le père de l'enfant et à l'accouchée, que j'estime sous tous les rapports...

VICTOR.

Ah !..

JEAN-BART.

Oui, ce que je vous dis là z'est véridique, mais voici du positif, mes artistes.... je vais me marier.

TOUS LES ÉLÈVES.

Vous marier, M. Jean-Bart?

JEAN-BART.

Rien que ça... je vais m'incorporer dans la grande légion.

TOUS LES ÉLÈVES, *riant.*

Ah! ah! ah! ah! ah!

JEAN-BART, *avec un sourire de satisfaction.*

Laissez donc, si vous me faites rire, je ne vous raconterai pas mon histoire.

TOUS LES ÉLÈVES.

Oh! voyons, voyons... dites-nous ça, M. Jean-Bart.

JEAN-BART.

On prétend que l'amour ne peut pas sentir la municipalité, et cependant il s'y était niché z'hier joliment!... figurez-vous que j'attendais le nouveau né dont j'suis l'parrain, à côté du bureau des décès, lorsque j'vois entrer une grosse maman, d'bonn' mine... vous devez connaître ça... qui venait chercher l'extrait mortuaire de son pauvre défunt.... qu'est mort il y a un an z'et un jour.

VICTOR.

Ah! une veuve.

JEAN-BART.

Positivement, une veuve... elle avait les larmes aux yeux... faut-être juste, elle pleurait! ma foi... il m'vient tout-à-coup à l'idée de viser au cœur de c'te brave femme-là... je l'accoste et je lui dis sur l'air sentimental du grenadier :

> N'pleurez pas, la petit' mère,
> A quoi bon tous ces hélas!
> Un mari mort c'est z'un' chimère,
> Est-c'que tout l'mond' n'y pass'ra pas?
> Pour vous consoler, faut r'prendre
> Un bon vivant, un luron,
> Et comme moi, bel homme, aimable et tendre,
> Qui n'vous fera pas faux-bond.

L'atelier de peinture. 4

VICTOR.

Comment, mais c'est très-galant !

JEAN-BART.

C'est très-véridique, ce que je vous dis là... je la prends
ensuite par le bras en sortant, et je la r'conduis chez elle.. un
mobilier superbe !.. montre et chaîne d'or... commode d'a-
cajou, armoire idem... tout c'qu'il y a d'plus cossu enfin , et
qu'est-c' que c'est que c'te commère-là... une ancienne mar-
chande d'oranges, qui a vendu son fonds à gros bénéfice, quand
on a r'dressé la statue équestre d'Henri IV sur l'Pont-Neuf...
j'vous demande si elle a des pépins... bref, tout est arrangé,
et sous huit jours, le *conjungo matrimonium*.

PAUL.

Fait-il des passions , ce M. Jean-Bart.

JEAN-BART.

C'n'est pas pour me flatter, mais j'entends un peu cette
partie-là.

VICTOR.

Quand on est bâti comme lui , on donne dans l'œil des jo-
lies veuves.

JEAN-BART.

Dame ! c'est ma profession d'être bien fait, et c'est si véridique , qu'on m'a offert dernièrement d'être tambour-major
du douzième arrondissement, mais j'ai dit : non, non , j'aime
mieux poser, moi, on est plus sûr de rester en place... ah !
ça , mes artistes, puisque me voilà , la séance d'aujourd'hui ne
sera pas perdue, n'est ce pas ?

VICTOR.

Ma foi, mon pauvre Jean-Bart, vous ne veniez pas... et il
s'est présenté quelqu'un pour vous remplacer.

JEAN-BART.

Oh ! que non.

VICTOR.

Si.

JEAN-BART.

Non, mes artistes, vous ne me feriez pas cette injustice-là,

PAUL.

Cependant...

JEAN-BART.

Non, je vous connais, vous avez la tête chaude, c'est positif, mais vous êtes de bons enfans, et vous ne me donnerez pas comme ça ma cartouche.

VICTOR.

En ce cas, tâchez de vous arranger avec le nouveau venu.

JEAN-BART.

Le connais-je ?

VICTOR.

C'est possible... c'est un bel homme, allez.

PAUL.

Et fort comme un Hercule.

JEAN-BART.

Laissez donc, je le casserais votre Hercule; il n'a qu'à venir, je lui apprendrai la pose du gladiateur. Dites-moi seulement son nom.

VICTOR.

Son nom ?.. vous voulez savoir son nom ? c'est...

SCÈNE XIII.

Tous les Élèves, JEAN-BART, HYPPOLITE.

HYPPOLITE, *accourant avec effroi et tout en sueur.*

Air : *Alerte ! alerte.*

Eh! vite, eh! vite,
Mes amis, je compte sur vous,
Eh! vite, eh! vite,
Suivez-moi tous.

TOUS LES ÉLÈVES.

Dis-nous au moins ce qui t'agite ?

HYPPOLITE.

A tout quitter, je vous invite,
Un accident...

TOUS LES ÉLÈVES.

Quoi donc enfin ?

HYPPOLITE.

Le feu vient de prendre soudain
Dans le quartier voisin.

TOUS LES ÉLÈVES, *se levant et quittant à la hâte leur ouvrage.*
Le feu!..

Eh! vite, eh ! vite,
Quittons et pinceaux et crayons,
Eh! vite, eh ! vite,
Au feu courons.

(*Ils sortent tous en courant pêle-mêle*).

SCÈNE XIV.

JEAN-BART, *seul.*

Eh ! bien, dites donc, hé ! mes artistes... vous partez tous comm' ça... il faut donc que j'garde l'atelier, moi... ah ! je les reconnais bien là... sitôt qu'il y a quenq' danger, crac !... c'est plus fort qu'eux. Aussi je ne crois pas que sérieusement ils aient l'intention de me donner mon congé... ah ! que je voudrais le voir le malin qui s'est mis dans la tête de me supplanter !

SCÈNE XV.

JEAN-BART, *sur le devant,* ROUGEOT, *avec la barbe et le costume de Bélisaire, il sort du cabinet et va se placer sur l'estrade qui sert au modèle.*

ROUGEOT.

En place ! en place !... mes jeunes collègues... me voilà...

JEAN-BART, *se retournant.*

Qu'entends-je !..

ROUGEOT.

Oh ! là là... M. Jean-Bart.

JEAN-BART.

Que vois-je !.. d'où sort-il donc ce cyclope-là ?

ROUGEOT, *à genoux et suppliant.*

M. Jean-Bart,

JEAN-BART, *le faisant descendre de l'estrade et l'amenant sur le devant de la scène.*

Avance donc, Apolon, et montre-nous ton individu.

ROUGEOT, *tremblant.*

M. Jean-Bart ! je vous jure que c'est bien malgré moi...

JEAN-BART.

Qui es-tu ? parle.

ROUGEOT.

Vraiment, vous ne me reconnaissez pas ?

JEAN-BART.

Comment veux-tu que je te reconnaisse sous cette barbe postiche. (*Il le tire par la barbe*).

ROUGEOT.

Aye ! aye ! aye !.. lâchez-moi !..

JEAN-BART.

C'est toi qui prétends me donner le coup de bas... tu veux

poser en Bélisaire, toi ? sais-tu seulement ce que c'était que Bélisaire ?

ROUGEOT, *tremblant.*

Non.

JEAN-BART.

Connais-tu l'histoire ancienne ?

ROUGEOT.

Encore moins.

JEAN-BART.

Eh ! bien, je vais te l'apprendre.

Air : *Allons, vite un bon gîte.*

Remets vite c't habit au porte-manteau,
Ou j't'applique à ce mur, en guise d'tableau.

ROUGEOT, *saisissant un balai et se mettant en défense.*

Finissez, finissez, ou dans mon courroux,
Je n'réponds plus de vous.

SCÈNE XVI.

Les Mêmes, HENRI.

HENRI, *accourant.*
D'où vient donc ce cri ?

ROUGEOT, *se cachant derrière Henri.*
Ah ! monsieur Henri !..
Jean-Bart qui m'extermine !

JEAN-BART.
Voyez c't animal,
Fair' d'un général,
Un magot de la Chine.

ROUGEOT, *ôtant sa barbe.*

M. Henri, c'est oncore un tour que l'on m'a joué.

HENRI ET JEAN-BART.

Que vois-je !

ENSEMBLE.

C'est Rougeot ! (*bis*), le tour est nouveau !

ROUGEOT.
On m'a dit de poser pour ce grand tableau,
A présent, je le voi, (*bis*). je croi
Qu'on s'est moqué de moi.

ENSEMBLE.

HENRI ET JEAN-BART.
Tu voulais figurer dans quelque tableau,
A présent, je le voi, (*bis*). je croi
Qu'on s'est moqué de toi.

JEAN-BART.

Rappaise tes sens ; va, Rougeot... s'il n'y a que toi qui me débusque... je te pardonne.

ROUGEOT.

Pardi ! j'crois bien, vous m'avez fait assez peur... (*A Henri*). V'là pourtant à quoi mes jeunes collègues m'exposent !..

HENRI.

Eh ! bien, mais... où sont-ils donc ?

JEAN-BART.

Est-ce que ça s'demande ? ils ont entendu les pompiers passer dans la rue, et ils sont tous partis comme une volée d'oiseaux !

HENRI.

En vérité !.. et ils sont partis sans moi !.. mais il fallait donc m'avertir.   (*Il va pour sortir*).

JEAN-BART.

Eh ! restez donc, mon artiste, ça doit être fini à présent... quand de jeunes gaillards comm' ceux-là font la chaîne... l'incendie n'est pas longue. Eh ! tenez, voyez plutôt, les v'là qui reviennent gais comme des pinçons.

ROUGEOT, *à part.*

Ah ! mon dieu ! c'est bien heureux.

SCÈNE XVII.

Les Précédens, Tous les Élèves, *revenant péle-méle, les uns ont les mains noires, d'autres ont le col de la chemise tout déchiré, etc.*

TOUS, *gaîment.*

Air : *La loterie est la chance.*

Plus d'allarme, plus de crainte,
A peine avons-nous paru,
Que la flamme s'est éteinte!..

JEAN-BART.

Ils font tout à l'impromptu.

PAUL.

J'ai porté vingt seaux, je gage ?

(31)

VICTOR.

Et moi plus de cent!.. d'honneur!

CHARLES.

Moi, je suis encore en nage,
Tant j'y mettais de l'ardeur !

ENSEMBLE.

TOUS, *gaîment.*

Plus d'allarme, plus de crainte!
A peine avons-nous paru,
Que la flamme s'est éteinte!..
Mais nous avons bien couru !

JEAN-BART.

Plus d'allarme, plus de crainte !
Ils ont à peine paru,
Que la flamme s'est éteinte...
Ils font tout à l'impromptu.

HENRI.

Que j'ai de regrets !.. moi qui ne savais rien.

PAUL.

Oh! bah ! bah!.. nous étions bien assez de monde sans toi.

ROUGEOT.

Ah! ça, mais... où était-il donc ce feu ?

VICTOR.

Là bas... au bout de la rue... dans une vieille maison... au cinquième...

ROUGEOT.

Au cintième... dans la maison du pâtissier ?

VICTOR.

Oui, et justement chez ce petit peintre d'enseignes, à qui ce matin... tu sais, j'avais donné un coup de poing.

HENRI.

Oh! cela n'est pas possible ! et vous voilà déjà revenus ?

VICTOR.

Je crois bien... nous avons encore eu le temps de faire une collecte pour ce pauvre diable, dont les meubles ont été à moitié brûlés.

PAUL.

C'est moi qui tenait le chapeau, en un instant il a été rempli.

Air : *De Marianne.*

Dans une telle circonstance,
Chez nous, il faut en convenir,
Un appel à la bienfaisance
Offre tout l'attrait d'un plaisir.
Aucun n'est sourd,
Chacun accourt,
L'homme opulent,
Le plus pauvre artisan,
Grands et petits,
Dans son taudis,
Le malheureux n'eut jamais plus d'amis ;
Ce feu qui le rendait à plaindre,
A fait verser dans mon chapeau,
Jusqu'à l'argent des porteurs d'eau
Qui venaient pour l'éteindre.

HENRI.

Que je suis fâché de n'avoir pas au moins contribué.

VICTOR.

Oh ! sois tranquille, j'ai mis pour toi.

HENRI.

Je te remercie.

VICTOR, *emmenant Henri vers le côté gauche sur le devant.*

Eh ! bien, mon cher ami... cela nous a déjà porté bonheur.

HENRI.

Vraiment.

VICTOR.

Oui, en revenant, j'ai rencontré ici près M. Vanderk...

HENRI, *vivement.*

M. Vanderk ?... un des membres du Jury ?

VICTOR.

Précisément.

HENRI, *vivement.*

Est-ce qu'on aurait déjà prononcé.

VICTOR, *avec joie.*

Oui... devine qui est-ce qui a le prix ?

HENRI.

Toi ?

VICTOR.

Moi ?... oh ! non, non... ce n'est pas moi, mais ça m'est
égal... c'est toujours un élève de M. Derban.

HENRI.

Que dis-tu ?

VICTOR.

Oui, ça fera honneur à l'atelier, et nous en sommes tous enchantés !

HENRI,

Ah !... et moi aussi !... dis-moi bien vite son nom, que je puisse...

VICTOR.

Son nom... (*en confidence.*) Écoute... tourne-toi,.. et regarde la jolie couronne qu'on vient d'attacher à son chevalet.

HENRI, *se tournant vers le coté droit aperçoit son chevalet en haut duquel les jeunes élèves, pendant le dialogue précédent, ont attaché son chiffre en fleurs, surmonté d'une couronne de lauriers. Tous les élèves, ayant un bouquet à la main, forment des groupes autour du chevalet. Henri, transporté et ému, s'écrie :*
Ciel !...
(*Tous les Élèves l'entourent, lui donnent leurs bouquets et l'embrassent*).

Air : *C'est notre ami Blondel.*

Tableau.

Gloire à l'ami
Henri ! vive Henri !

(*Au moment de ce tableau, M. Derban et sa fille paraissent par la porte du coté droit et sont émus de ce qu'ils voyent*).

SCÈNE XVIII.

Les Précédens , M. DERBAN, CLÉMENTINE.

HENRI , *à ses camarades.*
Ah ! mes amis... allons bien vite le dire à ma mère.

DERBAN , *se montrant.*
Elle le sait déjà.

HENRI, *se jettant dans les bras de M. Derban.*
M. Derban ! (*il l'embrasse*). Mon maître ! (*l'embrassant encore avec plus de transport*). Mon cher maître !

CLÉMENTINE.

M. Henri, mon père m'a permis de venir aussi vous faire mon compliment.

L'atelier de peinture. 5

HENRI.

Ah! Mademoiselle... mon cœur succombe à tant de joie...

DERBAN, *à Henri.*

Trois ans à Rome, et au retour...

CLÉMENTINE, *vivement.*

Au retour, mon papa...

DERBAN, *souriant.*

Henri m'a deviné.

HENRI, *avec dignité.*

Oui, monsieur, je quitterai la France avec regret, mais j'y reviendrai digne d'elle... et de vous!

CHARLES, *à Henri.*

Bon ami, tout le monde t'a embrassé... excepté moi.

HENRI, *l'embrassant.*

Ah! mon pauvre Charles!...

CHARLES.

Si tu savais combien je suis content!...

HENRI, *regardant tour-à-tour Clémentine, son père et tous
ses jeunes camarades.*

Et moi?... ah! je n'oublierai jamais cette journée!

TOUS LES ÉLÈVES, *l'entourant.*

Air : *Travaillons.*

Cher Henri, (*bis*) la gloire t'appelle ;
Loin que parmi nous.
Tes succès fassent des jaloux,
Nous allons redoubler d'ardeur et de zèle,
Pour qu'à notre tour,
Nous méritions le prix un jour.

ROUGEOT, *aux élèves.*

Eh! bien, je vous pardonne à présent, et de bon cœur, toutes les niches que vous m'avez faites.

JEAN-BART.

M. Derban, v'là d'zélèves d'une belle espérance... ces enfans là seront des hommes, c'est véridique, ils feront honneur à l'école française, surtout s'ils s'attachent comme vous à saisir la nature.

ROUGEOT.

La nature! j'crois bien, nous autres artistes, nous n'connaissons qu'ça!

VAUDEVILLE.

HENRI.

Air : Du vaudeville de Polichinelle sans le savoir.

Sachons partout saisir bien la nature,
Imitons-la dans ses effets divers,
Que de sujets de dessins, de peinture,
A nos regards tous les jours sont offerts!

TOUS LES ÉLÈVES.

Sachons partout, etc.

HENRI.

D'une cité, peignez-vous l'opulence,
Montrez Paris et ses brillans palais,
Ou si des champs vous peignez l'innocence,
Montrez la Suisse et ses simples chalets.

TOUS.

Sachons partout, etc.

PAUL.

Lorsque je vois ce joueur de la Bourse
Dans un wiski du plus excellent ton,
Je prédirai le terme de sa course,
Et d'après lui je peindrai Phaëton.

TOUS.

Sachons partout, etc.

VICTOR.

Ces jours derniers un riche légataire
Me demanda son portrait en pleurant,
Je le fis gai... je savais mon affaire,
Le lendemain il était ressemblant.

TOUS.

Sachons partout, etc.

LÉON.

Nos vieux soldats dans plus d'une campagne
Ont exercé le burin du graveur,
De même encore, en parcourant l'Espagne,
Vous y peindrez mille traits de valeur.

TOUS.

Sachons partout, etc.

(35)

DERBAN.

De la sagesse, unie à la vaillance,
L'emblême heureux fixe-t-il votre choix,
Représentez ce noble fils de France
Libérateur, guerrier tout à la fois.

TOUS.

Sachons partout, etc.

ROUGEOT.

De la peintur' j'admire les merveilles,
Mais de Teniers j'aime surtout les tableaux;
J'y vois du moins des brocs et des bouteilles,
Des gens qui boiv'nt et des joueurs de tonneaux.

TOUS.

Sachons partout, etc.

JEAN-BART.

Si les anglais prétend'nt qu'on leur envie
Leux mécaniqu's, leux aciers, leux couteaux,
Faites leux voir not' salon d'industrie,
Et les cach'mir's d'Lagorce et de Ternaux.

TOUS.

Sachons partout, etc.

CHARLES, *à Henri.*

Tu t'es chargé des soins de mon enfance,
Mais, grâce à toi, que je tienne un pinceau!..
Henri, je veux que la reconnaissance
Soit le sujet de mon premier tableau.

TOUS.

Sachons partout, etc.

CLÉMENTINE, *à Henri.*

Peignez l'auteur d'une pièce nouvelle,
Timide et pâle, incertain et tremblant;
Mais près de lui, pour ranimer son zèle,
Placez aussi un public indulgent.

TOUS.

Sachons partout saisir bien la nature,
Imitons-la dans ses effets divers,
Que de sujets de dessins, de peinture,
A nos regards tous les jours sont offerts!

F I N.

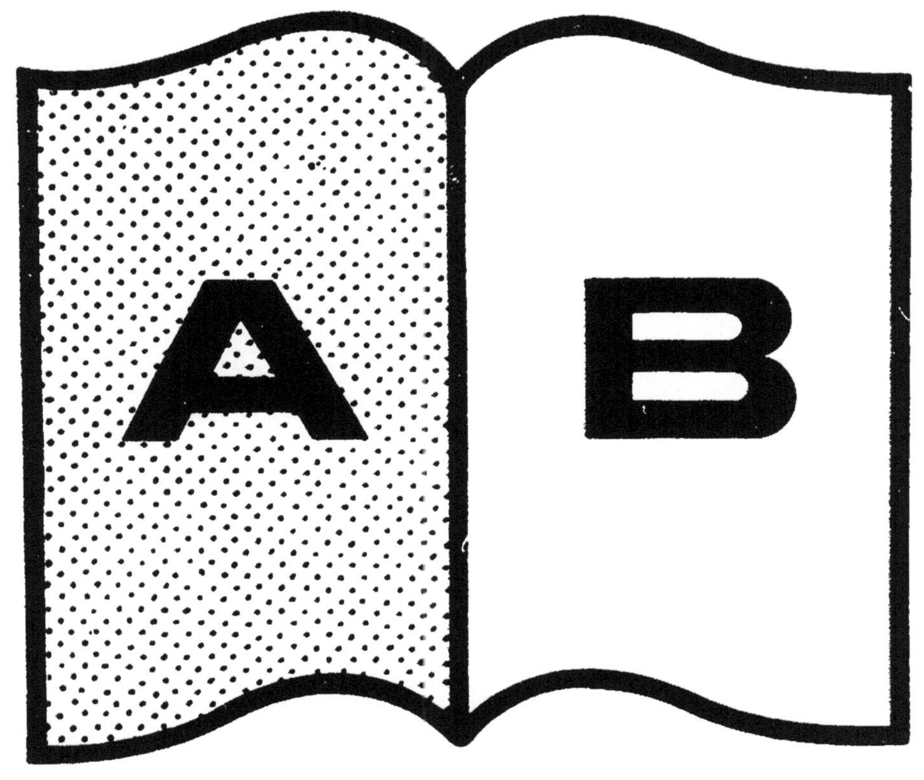

Contraste insuffisant

NF Z 43-120-14

www.ingramcontent.com/pod-product-compliance
Ingram Content Group UK Ltd.
Pitfield, Milton Keynes, MK11 3LW, UK
UKHW021016120726
13693UKWH00005B/2021